AF461675

ARLEQUIN DOUBLE,

VAUDEVILLE

EN UN ACTE,

PAR MM. DÉSAUGIERS et SERVIÈRES;

Représenté, pour la première fois, sur le théâtre du Vaudeville, le mercredi premier juillet 1807.

PRIX vingt-quatre sols.

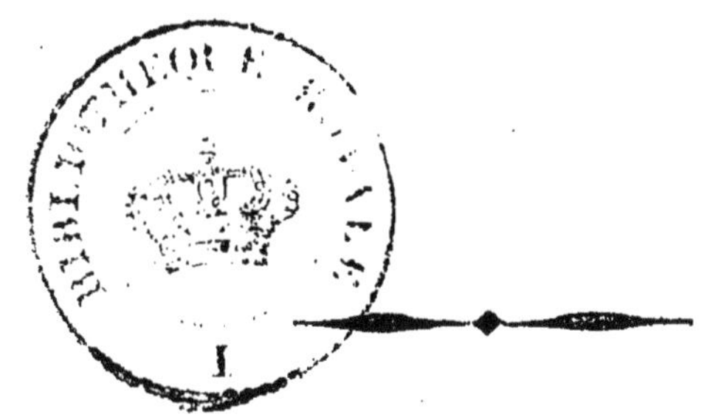

A PARIS,

Chez BARBA, Libraire, palais du Tribunat, derrière le théâtre Français, n°. 51.

1807.

PERSONNAGES.	ACTEURS.
CASSANDRE.	M. *Chapelle.*
Mlle CASSANDRE, sa sœur.	Mme *Duchaume*
ARLEQUIN.	M. *Laporte.*
COLOMBINE, fille de Cassandre.	Mlle *Minette.*
GILLES, valet d'Arlequin.	M. *Carpentier.*

Le théâtre représente un jardin. A gauche est un pavillon avec une fenêtre au premier.

ARLEQUIN DOUBLE.

(Au lever du rideau, Mademoiselle Cassandre est dans le Pavillon, occupée à sa toilette, et Monsieur Cassandre est dans le jardin arrosant des fleurs.

SCENE PREMIERE.

CASSANDRE, Mlle. CASSANDRE.

CASSANDRE.

QUE cette occupation est douce!

Mlle. CASSANDRE.

Que cette invention est utile!

CASSANDRE.

Rien n'égale les merveilles de la nature.

Mlle. CASSANDRE.

Que peut-on comparer aux prestiges de l'art?

CASSANDRE, *tenant une rose à la main.*

Voilà l'image de madame Cassandre, quand je devins son heureux époux.

Mlle CASSANDRE, *après s'être mis du rouge.*

Voilà comme j'étais à quinze ans.

CASSANDRE.

Air : *Bouton de rose.*

Bouton de rose
Me retrace le premier jour,
Où sur une bouche mi-close,
Je cueillis, au jardin d'amour,
Bouton de rose.

Mlle CASSANDRE.

On voit la rose
Naître et mourir en un matin,
Mais grace au teint qu'elle compose,
Femme est encor, à son déclin,
Bouton de rose.

CASSANDRE.

Eh bien ! ma sœur, cette toilette finira-t-elle ?

Mlle. CASSANDRE, *se mettant du rouge.*

Dans un instant, mon frère, je n'ai plus qu'une joue.

CASSANDRE.

Eh que diable ! j'ai déjà arrosé quinze perches, depuis votre premier crochet.

Mlle. CASSANDRE.

Eh bien ! nous prévenons tous deux les ravages du tems, vous, sur les roses de votre jardin, moi, sur celles de mon visage.

CASSANDRE.

Vous êtes folle avec vos éternelles toilettes.

Mlle. CASSANDRE.

Vous extravaguez avec vos éternels sermons.

CASSANDRE.

Air : *J'ai vu partout dans mes voyages.*

Dans son printems, fille jolie
N'a qu'une fleur pour ornement,
Et par ses quinze ans embellie,
Elle est parée en un moment ;
Mais bientôt la saison avance,
On veut conserver ses appas,
Et quand la vieillesse commence,
La toilette ne finit pas.

Mlle. CASSANDRE.

Plaignez vous donc, vous, qui m'avez fait quitter Paris au bout de....

CASSANDRE.

Au bout de cinquante ans.

Mlle. CASSANDRE.

A peine ai-je eu le tems de le connaître.

CASSANDRE.

Il est vrai que vous n'avez fait qu'y passer.

Mlle. CASSANDRE.

Et cela pour venir habiter le plus triste hermitage...

CASSANDRE.

Triste hermitage ! une habitation située au pied d'une colline, qui sera bientôt arrosée par le canal de l'Ourcq, et à laquelle mes nouvelles plantations procureront dans vingt ans au plus un ombrage délicieux.

Mlle. CASSANDRE.

Oui, belle acquisition que vous avez faite là !... ne pas voir âme qui vive !

CASSANDRE.

Et mes trente perches de terrain plantés en fruits, en fleurs et en légumes, ah !...

Mlle. CASSANDRE.

Eh ! que m'importe tout cela ? donnez-moi bals, spectacles, société.

CASSANDRE.

Et c'est la sœur de Cassandre qui parle ainsi ! voilà comme vous avez gâté l'esprit de votre nièce.

Mlle. CASSANDRE.

Monsieur, ces plaisirs-là sont de son âge,

CASSANDRE.

Ils ne sont donc pas du vôtre.

Mlle. CASSANDRE.

Air : *du vaud. des Visitandines.*

Que trouve-t-on dans vos campagnes ?

CASSANDRE.

Que voit-on dans votre Paris ?

Mlle CASSANDRE.

Oiseaux, moutons, forêts, montagnes.

CASSANDRE.

Fripons, coquettes, sots maris.

Mlle CASSANDRE.

Je ne reçois point de visites.

CASSANDRE.

Parlez aux échos de ces lieux.

Mlle CASSANDRE.

Tous vos échos sont ennuyeux.

CASSANDRE.

Ils répètent ce que vous dites. (*bis.*)

Mlle. CASSANDRE.

Voilà de vos complimens. Oh ! si vous étiez mon mari...

CASSANDRE.

Eh bien ! je le serais.

Mlle CASSANDRE.

Mais puisque j'ai eu la faiblesse de céder à vos goûts, j'entends que votre fille cède aux miens, et elle n'épousera qu'un homme de mon choix...

CASSANDRE.

Du mien, mademoiselle, je l'aime trop pour la rendre malheureuse, et le gendre que j'attends...

Mlle. CASSANDRE.

Ne sera point son mari, s'il n'est pas tel que je le desire.

CASSANDRE.

Mais Arlequin nous est envoyé par un ami prudent, éclairé, raisonnable...

Mlle. CASSANDRE.

Que trop. Je gagerais que l'envoyé est, des pieds à la tête, la copie de cet original.

CASSANDRE.

Tant mieux, ma sœur.

Mlle CASSANDRE.

Tant pis, monsieur.

Air : *De la Vaudreuil.*

Un esprit sage
Dans le ménage,
Est d'un époux
Le plus doux
Avantage.

Mlle CASSANDRE.

Gai badinage,

Gentil langage
Sied à l'amant;
L'amour est un enfant.

CASSANDRE.

Je veux un gendre
Plus savant que tendre.

Mlle CASSANDRE.

Moi, je le veux
Aussi vif qu'amoureux.

CASSANDRE.

Je veux qu'il pense.

Mlle CASSANDRE.

Je veux qu'il danse.

CASSANDRE.

Qu'il soit surtout...

Mlle CASSANDRE.

Ami de la dépense.

CASSANDRE.

Prompt à s'instruire.

Mlle CASSANDRE.

Prompt à séduire.

CASSANDRE.

Qu'il sache tout.

Mlle CASSANDRE.

Qu'il soit le dieu du goût.

CASSANDRE.

Je veux le voir
Rêvant matin et soir.

Mlle CASSANDRE.

Et moi, soir et matin
Chantant quelque refrein.

CASSANDRE.

Des savans révéré.

Mlle CASSANDRE.

Des femmes adoré.

CASSANDRE.

Enfin, un vrai Caton.

Mlle CASSANDRE.

Bref, un vrai papillon.

Mlle CASSANDRE.

Quelle folie!
Quelle manie!
Perdez-vous donc
La raison,
Je vous prie?
Femme peut-être

CASSANDRE.

Quelle folie!
Quelle manie!
Perdez-vous donc
La raison,
Je vous prie?
Je suis le maître,

Doit se connaître,
En fait d'époux,
Autant et plus que vous.

Et dois peut être,
En fait d'époux,
En savoir plus que vous.

SCENE II.

LES PRÉCÉDENS, COLOMBINE.

COLOMBINE, *accourant.*

Mon père, ma tante, il est arrivé, je viens de le voir.

CASSANDRE.

Qui donc, mademoiselle ?

COLOMBINE, *avec plus de réserve.*

Ce jeune étranger que vous attendez.

CASSANDRE.

Votre prétendu ?

COLOMBINE.

Lui-même, oh ! je l'ai reconnu tout de suite.

Mlle. CASSANDRE.

Comment ! mais vous ne l'avez jamais vu.

COLOMBINE.

Ah ! c'est vrai. (*à part.*) Etourdie, j'allais me trahir. (*haut.*) Mais son empressement, sa gaîté, en entrant chez nous....

CASSANDRE.

Comment ! est-ce qu'il serait gai ?

COLOMBINE.

Non, c'est une gaîté mêlée de mélancolie...

Mlle. CASSANDRE.

Est-ce qu'il serait triste ?

COLOMBINE.

Non, il n'est ni triste, ni gai ; mais il est...

CASSANDRE.

Mais qu'est-il donc ? voyons.

COLOMBINE, *sautant de joie.*

Il est, il est charmant.

CASSANDRE, *la contrefaisant.*

Il est charmant... Elle saute, ma sœur. Voilà le fruit de vos leçons.

Mlle. CASSANDRE.

Ne voulez-vous pas qu'elle pleure?

CASSANDRE.

Ma foi, ce serait plus décent... que voulez-vous que pense un futur d'une fille qui saute?... Voyez comme elle a couru... la voilà toute essouflée. Je suis sûr qu'elle n'a pas mis trois secondes à traverser toutes mes plantations.

COLOMBINE.

Vous pourriez gagner, mon père, mais....

Air : *Avec vous sous le même toît.*

A seize ans, du plus long trajet
Fille ne s'épouvante guère,
Lorsque le bonheur est l'objet
De la course qu'elle va faire.
Dans cet âge heureux du plaisir,
Où l'esprit est vif, le cœur tendre,
On se lasse moins à courir
Qu'on ne se lasserait d'attendre.

Mlle. CASSANDRE.

Elle a raison, et nous devrions déjà avoir volé au-devant du jeune homme.

CASSANDRE.

Volé, volé; un instant donc, est-il convenable qu'un père aille se jeter à la tête de son gendre? A propos, *(à Colombine.)* avez-vous arrosé mes belles de nuit et mes giroflées?

COLOMBINE.

Non, mon père.

CASSANDRE.

Je l'aurais parié...

Mlle. CASSANDRE

Eh bien ! viendrez-vous ?

CASSANDRE.

Je vous suis *(à Colombine.)* Avez-vous donné a manger à mes chèvres ?

COLOMBINE.

Je l'ai oublié....

CASSANDRE.

Mais, où avez-vous la tête ? si je ne pensais pas à tout...

Mlle. CASSANDRE.

En finirez-vous avec vos giroflées et vos chèvres ?

CASSANDRE.

Me voilà, ma sœur. Pauvres bêtes.

Prenez garde, Colinette,
L'amour veille en ce jardin.

(ils sortent.)

SCENE III.

COLOMBINE.

La défense vient trop tard, ma tante, et nous ne serons pas parvenus à nous écrire, à nous entendre aussi bien, depuis deux ans, pour tout sacrifier à votre caprice, au moment d'être heureux : mais comment Arlequin fera-t-il pour concilier deux caractères si opposés ? s'il flatte l'un, il contrarie l'autre. La situation est embarassante.

Air : *Vaud. de l'Amour filial.*

Pour m'assurer un sort heureux,
Leurs efforts, leurs vœux sont les mêmes,
Mais dans leurs goûts, tous les deux sont extrêmes,
Et moi, je dis qu'ils ont tort tous les deux.
Car pour qu'une femme en ménage
Soit contente de son mari,
Il ne faut pas qu'il soit trop étourdi,
Il ne faut pas qu'il soit trop sage.

SCENE IV.

COLOMBINE, ARLEQUIN.

ARLEQUIN.

Colombine !

COLOMBINE.

Ah ! te voilà !...

ARLEQUIN.

J'ai apperçu de loin monsieur et mademoiselle Cassandre ; mais prévoyant bien que si j'entamais la conversation, je n'en serais pas quitte de sitôt, à l'aide d'un arbre, j'ai échappé à leurs regards, et je suis vîte accouru pour te donner ce que je ai cent fois envoyé par la poste, mais que la méchante ne rend jamais fidèlement.

COLOMBINE.

Que veux-tu dire ?

ARLEQUIN.

Air : *D'Arlequin Musard.*

Quoi ! faut-il que je te rappelle
Les envois tendres et discrets
Que t'adressait ma main fidelle,
A la fin de tous mes billets ?
Eh bien ! sur la correspondance,
Puisque la parole a le prix,
Permets qu'en parlant je commence
Par où je finis quand j'écris.

(Il l'embrasse.)

COLOMBINE.

Sais-tu qu'il y a un an que nous ne nous étions vus ?

ARLEQUIN.

Un an ! c'est singulier, tu me sembles rajeunie.

COLOMBINE.

De puis ce moment là, que de craintes !...

ARLEQUIN.

Que de desirs !

COLOMBINE.

Je voyais mon Arlequin à Paris, livré aux agaceries de mille coquettes, souriant à l'une, répondant à l'autre...

ARLEQUIN.

Je ne souriais qu'à ton portrait que voici, et je ne répondais qu'à tes jolies lettres que voilà.

COLOMBINE.

Tu les as conservées.

ARLEQUIN.

Sans doute, puisqu'elles me rapprochaient de toi.

Air : *N'est-ce pas d'elle.*

De Colombine,
Quand je recevais un billet,
Vers Colombine,
Soudain l'amour me transportait.
De Colombine,
Je baisais le billet divin,
Et je croyais baiser la main
De Colombine.

COLOMBINE.

Puisque te voilà, je suis rassurée. Cependant une autre crainte me tourmente ; comment vas-tu t'y prendre pour plaire à ma tante dont l'humeur est si différente de celle de mon père ?

ARLEQUIN.

Je n'épouse point ta tante.

COLOMBINE.

Non; mais tu n'épouseras sa nièce qu'autant que ton caractère sera la parfaite copie du sien.

ARLEQUIN.

Sangodémi! quel embarras !....

COLOMBINE.

Il faudra te doubler, et ce n'est pas facile.

ARLEQUIN.

Air : *Mais nous nous en passions si bien.*
(de la Mégalantropogénésie.)

Quoi! tu veux que je me déguise,
Au point d'être double à leurs yeux,
Je crains bien que de l'entreprise
Le succès ne soit pas heureux.
Et d'ailleurs, moi, dont en affaires
Les procédés sont délicats,
Dois-je avoir seul deux caractères,
Lorsque tant de gens n'en ont pas?

COLOMBINE.

C'est l'unique moyen d'obtenir ta Colombine.

ARLEQUIN.

Il n'y a pas à choisir, je serai double.

COLOMBINE.

Mais connais-tu tes rôles?

ARLEQUIN.

A peu près.

COLOMBINE.

Les voici en deux mots, d'abord :

Air : *Quoi! ma voisine es-tu fâchée.*

Parle à mon père de feuillage.

ARLEQUIN.

J'en parlerai.

COLOMBINE.

Des oiseaux peins-lui le ramage.

ARLEQUIN.

Je le peindrai.

COLOMBINE.

Ris, chante et danse avec ma tante.

ARLEQUIN.

Je danserai.

COLOMBINE.

Dis-lui, surtout, qu'elle est charmante.

ARLEQUIN.

Je mentirai.

COLOMBINE.

J'entends mon père.

ARLEQUIN.

Vîte à mon rôle. *(Il prend l'arrosoir.)*

SCENE V.

LES PRÉCÉDENS, CASSANDRE.

CASSANDRE, *à part.*

Air : *Si l'on m'aime un peu beaucoup.*

Quel rapport de goût, de mœurs !
Partageant mon systême,
Mon gendre arrose les fleurs
Que je plantai moi-même.

ARLEQUIN, *feignant de ne pas voir Cassandre.*

Ce lieu me séduit.
Quelle odeur ravissante !
Plus je vois ce fruit,
Plus il me tente.

COLOMBINE.

A ce doux rapport de mœurs,
De plaisir son œil brille ;
Il faut arroser des fleurs,
Pour mériter sa fille.

CASSANDRE.

Quel heureux rapport de goût, de mœurs !
Comme dans ses yeux le plaisir brille !
Puisqu'il arrose si bien les fleurs,
Il épousera ma fille.

CASSANDRE.

Ah ! mon cher Arlequin, touchez-là.

ARLEQUIN, *jouant la surprise.*

Puis-je savoir à qui j'ai l'honneur de parler ?

CASSANDRE.

A votre beau-père...

ARLEQUIN, *saluant et penchant l'arrosoir sur ses pieds.*

Quoi ! monsieur Cassandre, c'est vous ?...

CASSANDRE.

Oui, mon ami, c'est moi qui vient de vous surprendre, arrosant les fleurs de mon jardin, et il ne m'en a pas fallu d'avantage pour... Comment trouvez-vous le fruit de cet arbre ?

ARLEQUIN.

Divin.

CASSANDRE.

« Je l'ai planté, je l'ai vu naître,
» Ce beau pommier.....

Avez-vous vu mes moutons ?

ARLEQUIN.

Vous en avez ?

CASSANDRE.

Vrais mérinos.

ARLEQUIN.

Je suis donc ici près de tout ce que jaime!

CASSANDRE.

Vous aimez donc tout ce qui tient à la campagne?

ARLEQUIN.

Air : *Je suis furieux.*

J'aime les troupeaux.

CASSANDRE.

Moi, d'même. (*ter.*)

ARLEQUIN.

Les montagnes, les côteaux.

CASSANDRE.

Moi, d'même. (*bis.*)

ARLEQUIN.

J'aime les vergers.

CASSANDRE.

Vraiment, moi, d'même.

ARLEQUIN.

Et les potagers.

CASSANDRE.

Moi, d'même.

ARLEQUIN.

J'aime les ruisseaux sinueux.

CASSANDRE.

Moi, d'même.

ARLEQUIN.

J'aime les sentiers tortueux.

CASSANDRE.

Moi, d'même.

ARLEQUIN.

Je blâme le fat.

CASSANDRE.

Vraiment, moi, d'même.

ARLEQUIN.

Ami de l'éclat.

CASSANDRE.

Vraiment, moi, d'même.

ARLEQUIN.

Et je dis qu'il faut...

CASSANDRE.

Moi, d'même.

ARLEQUIN.

Le traiter de sot.

CASSANDRE.

Moi, d'même.

ARLEQUIN, *à part à Colombine.*

Nous le tenons.

COLOMBINE, *à part à Arlequin.*

Pourvu que ma tante n'arrive pas.

CASSANDRE.

Que regardez-vous donc de ce côté?

ARLEQUIN.

Je m'étonne que vous permettiez à mademoiselle de dépouiller, sans nécessité, vos jardins d'une fleur destinée à les embellir.

CASSANDRE.

Ah! coquetterie de son âge.

ARLEQUIN.

Que je blâme, monsieur Cassandre.

COLOMBINE.

Pourquoi donc?

ARLEQUIN, *à Colombine.*

Air : *Jeunes beautés au regard tendre.*

Quand aux lys d'un si beau corsage,
La rose mêle sa fraîcheur,
Elle y perd tout son avantage,
Et la tige éclipse la fleur.
Ah! croyez moi, par modestie,
Renoncez à ce double attrait;
Voit-on jamais femme jolie
Porter sur elle son portrait?

CASSANDRE.

Voulant dire par là que ma fille est l'image d'une rose. Je vous remercie pour elle; mais je ne veux pas vous tromper, mon ami, et je dois vous avouer...

ARLEQUIN.

Quoi donc, monsieur Cassandre?

CASSANDRE.

Qu'elle n'est pas ce que vous croyez...

ARLEQUIN.

Que dites-vous?

CASSANDRE.

Les conseils de sa tante l'ont perdue.

ARLEQUIN.

Comment, perdue?

CASSANDRE.

Elle n'aime pas la campagne.

ARLEQUIN.

Elle n'aime pas la campagne, et vous êtes son père!

CASSANDRE.

C'est incroyable.

ARLEQUIN.

Je conçois que les bals, les spectacles, le bruit, le tourbillon plaisent aux jeunes têtes.

COLOMBINE.

Plaisent à tout le monde, monsieur, et savent embellir la saison la plus triste. Quoi de plus brillant que l'hiver à Paris?

ARLEQUIN.

Quoi de plus séduisant que le printems à la campagne?

Air : *De la Dansomanie.*

Doux printems,
Qui nous rends

Le feuillage,
Heureux tems,
Saison du bel âge,
Avec toi renaissent au village
Les beaux jours,
La joie et les amours.

La nature,
En ce moment,
Reprend
Sa brillante parure;
La verdure
Offre à l'amant
Un trône toujours renaissant.
Chaque fleur
De son odeur
Vient embaumer l'air qui s'épure.
Le ruisseau
De son murmure
Embellit un joli berceau.

Doux printems, etc.

Le vieillard
D'un air gaillard
Sort le matin de sa chaumière,
Et de sa petite terre,
En fredonnant
Gaîment,
Parcourt
Le tour.
Il vuide avec son voisin
D'un bon vin
Sa vieille
Bouteille,
Et couché sur le gazon
Rajeunit avec la saison.

Doux printems, etc.

CASSANDRE,

Mon ami, embrassez-moi, ma fille est à vous...

ARLEQUIN.

Non, Monsieur, nous ne pourrions pas nous convenir, elle n'aime pas la campagne.

CASSANDRE.

Elle changera.

COLOMBINE, *arrosant.*

Doux printems, etc.

CASSANDRE.

O Prodige ! je vous le disais bien, vous venez de faire en un instant plus que moi, depuis un an que je la prêche.

ARLEQUIN.

Elle n'aime peut-être pas les sermons.

COLOMBINE.

Air : *D'Owinska.*

Votre éloquence me désarme,
Il faut s'y rendre, je le sens,
Car, depuis que je vous entends,
Ces lieux ont pour moi quelque charme;
Et si vous veniez plus souvent
Visiter ce champêtre asyle,
Je crois qu'on pourrait aisément
Renoncer (*bis.*) à la ville.

CASSANDRE.

Ah ! si vous pouviez aussi faire aimer la vie pastorale à ma sœur !...

ARLEQUIN.

La tâche serait trop pénible.

Air : *Quelque chemin que tu prennes.*

La femme dans l'âge où l'on aime
Sait trouver des plaisirs aux champs,
Mais elle change de système
Dès quelle touche à cinquante ans.
Troupeaux, musette, au son si tendre,
Ne servent plus qu'à l'affliger,
Quand elle ne peut plus entendre
Sonner l'heure du berger.

CASSANDRE.

Au reste qu'elle s'arrange, vous me convenez et cela suffit.

ARLEQUIN.

Je puis donc espérer...

CASSANDRE.

Affaire conclue, mon ami, je vais chez notre tabellion faire dresser l'acte, et dès demain... Ah ! je me connais en homme, vous n'êtes point de ces jeunes éventés dont Paris fourmille et qui n'ont la tête pleine que de futilités.

Mlle. CASSANDRE, *en-dehors.*

» Vive la danse, vive le chant. »

CASSANDRE.

Tenez, comme ma folle de sœur que vous entendez.

COLOMBINE, *à part à Arlequin.*

Ma tante ! tout est perdu !

ARLEQUIN, *à part à Colombine.*

Laisse-moi faire. *(haut à M. Cassandre.)* Vous avez bien raison. *(Pendant le couplet suivant, mademoiselle Cassandre arrive et s'extasie aux lazzis d'Arlequin.)*

ARLEQUIN.

Air : *Tivoli que partout l'on vante.*

Qu'un jeune homme ait de la souplesse,
Qu'il minaude avec gentillesse,
Qu'à la grâce il joigne l'adresse,
Il sait tout,
C'est le dieu du goût.

Sémillant auprès des belles,
Qu'il suive, comme elles,
Les modes nouvelles,
Et nouveau zéphir,
Par des pirouettes
Adroitement faites,
Qu'il sache éblouir.

Fredonnant une romance,
Qu'il vole en cadence
D'Hortense à Laurence,
Toujours désiré ;
Qu'il presse ou lutine,
Soupire ou badine,
Il est adoré.

Mlle CASSANDRE *s'avançant.*	ARLEQUIN, CASSANDRE.
Quelle grace! quelle souplesse!	Qu'un jeune homme, etc.
Qu'il minaude avec gentillesse!	
A l'esprit il unit l'adresse;	
Il sait tout	
C'est le dieu du goût.	

CASSANDRE.

Allons, la voilà; elle va déraisonner selon sa coutume. Je vous quitte, mon cher Arlequin, car je ne serais pas maître de moi. *(a Colombine.)* Vous, mademoiselle, rentrez, pas de mauvais exemple.

COLOMBINE.

Mais, mon père, je suis avec ma tante.

CASSANDRE.

C'est justement ce que je ne veux pas. Rentrez. *(Il chante.)*

» D'un bouquet de romarin. *(Il sort.)*

SCENE VI.

Mlle. CASSANDRE, ARLEQUIN.

Mlle. CASSNDRE.

Il s'en va furieux, mais aussi, pourquoi dansez-vous devant lui?

ARLEQUIN.

L'habitude l'emporte.

Mlle. CASSANDRE.

Ah! de grace, encore une pirouette.

ARLEQUIN, *pirouettant.*

Comme cela?

Mlle. CASSANDRE.

Charmant! délicieux! quel dommage qu'un pareil époux ne me soit pas tombé entre les mains!

Air : *du vaud. de Florian.*

Ne me parlez pas d'un mari
A vingt ans raisonneur et sage,

Je veux qu'il soit vif, étourdi,
Ami des plaisirs de son âge ;
Le plus extravagant serait
Le seul digne de ma conquête.

ARLEQUIN.

Ah! j'entends.

Pour vous épouser, il faudrait
Qu'un jeune homme eût perdu la tête.

Mlle. CASSANDRE.

Eh bien! mon cher Arlequin, avez-vous vu ma nièce ? la trouvez-vous aimable ?

ARLEQUIN.

Ah ! comme sa tante.

Mlle. CASSANDRE.

Enjouée ?

ARLEQUIN.

Comme sa tante.

Mlle. CASSANDRE.

Mais.... un peu jeune ?

ARLEQUIN.

Comme sa... comme ça.

Mlle. CASSANDRE.

Ah ! si fait ; je doute qu'elle sache vous apprécier comme moi.

ARLEQUIN, *à part.*

Quels yeux ! j'ai peur qu'elle ne m'apprécie trop.

Mlle. CASSANDRE.

Je vous devine et je gage bien que vous ne voudriez pas d'une épouse parvenue à ce dégré de maturité, où l'amour n'est plus qu'un ridicule.

ARLEQUIN.

Vous y êtes.

Mlle. CASSANDRE.

Mais ce qui vous convient, c'est une femme qui

touche à cet âge, où les grâces s'unissent à l'esprit.

ARLEQUIN.

Vous n'y êtes plus.

Mlle. CASSANDRE.

Comment?

ARLEQUIN.

Ne me parlez pas d'esprit dans une fille..... qu'on épouse.

Air : *Quand on ne dort pas de la nuit.*

Former ses graces, ses talens
Avant qu'elle n'entre en ménage,
C'est-là le devoir des mamans;
Pour l'esprit, il est toujours tems
Qu'il vienne après le mariage.
Tout ne doit pas être accompli
Dans une fille qui veut plaire,
Ne faut-il pas que son mari
Trouve encor (*bis.*) quelque chose à faire. (*ter.*)

Mlle. CASSANDRE.

Ah ! que j'envie le sort de ma nièce ! si jeune, épouser un homme aimable !

ARLEQUIN.

Mademoiselle....

Mlle. CASSANDRE.

Qui va la transporter du fond d'un triste hermitage à Paris, dans ce séjour enchanté, où j'ai passé jusqu'à l'année dernière les premiers jours de ma jeunesse.

ARLEQUIN.

Vous l'avez donc habité long-tems ?

Mlle. CASSANDRE.

Pas autant que je l'aurais voulu; mais, donnez-m'en donc des nouvelles de ce cher Paris. Il doit être bien embelli, depuis que je n'y suis plus.

ARLEQUIN.

Le goût a fait des progrès étonnans.

Mlle. CASSANDRE.

Parlez-moi des modes.

ARLEQUIN.

Elles changent tous les jours ; mais c'est dans l'ameublement surtout qu'on excelle.

Air : *Du partage de la richesse.*

Aux essences dont tant de belles
Aimaient jadis à s'inonder,
Aujourd'hui des fleurs naturelles
On voit le parfum succéder.
On délaisse le musc et l'ambre,
Et le meilleur ton est d'avoir
Un rosier dans son antichambre,
Un grenadier dans son boudoir. (*bis.*)

Mlle. CASSANDRE.

Oh ! j'irai à Paris, malgré mon frère. Eh bien ! croiriez-vous, mon cher Arlequin, qu'il a le goût assez dépravé pour préferer la campagne à tout cela ?

ARLEQUIN.

Je le sais, et je viens de lui en dire ma façon de penser.

Mlle. CASSANDRE.

Vous vous serez mal mis dans ses papiers.

ARLEQUIN.

Que m'importe, si je suis bien dans les vôtres !

Mlle. CASSANDRE.

Toujours plus aimable ! et comment ne sympathiserions-nous pas avec les mêmes goûts, les mêmes penchans, les mêmes!... vous êtes leger...

ARLEQUIN.

Vous êtes vive.

Mlle. CASSANDRE.

Vous êtes jeune...

ARLEQUIN.

Vous êtes fraîche...

Mlle. CASSANDRE.

Vous êtes enjoué...

ARLEQUIN.

Vous êtes folle.

Mlle. CASSANDRE.

Air : *O destin ! voilà de tes coups.*

O destin, voilà de tes coups !
Quelle vive flamme
Vient de pénétrer mon ame !
C'est l'amour, il se glisse en nous,
Il parle, il nous dit de l'accent le plus doux :
Mariez, mariez, mariez vous,
Il nous le conseille,
Moi je l'entends à merveille,
L'entendez, l'entendez, l'entendez vous.

ARLEQUIN.

Je n'ai pas l'oreille
Aussi fine que vous.

Mlle. CASSANDRE.

Quoi ! cruel, tu n'entends pas ?

ARLEQUIN.

Si fait, j'entends quelqu'un... c'est mon jokei.

Mlle. CASSANDRE.

Quel contre-temps ?

Air : *Il ne faut pas qu'il rencontre.* (de Mad. Scarron)

Adieu, mon cher, je vous laisse,
Mais payez moi de retour,
Ou ma première faiblesse
Hâtera mon dernier jour.

Voyez par mon imprudence,
Dans quel état me voilà :
J'ai perdu mon innocence.

ARLEQUIN.

Ne parlons pas de cela.

Mlle CASSANDRE.

Adieu, mon cher, etc.

ARLEQUIN, *à part.*

A la fin elle me laisse.
(*haut.*) J'attendrai votre retour.
(*à part.*) Peste soit de sa faiblesse.
(*haut.*) Je rougis de tant d'amour.

Mlle CASSANDRE.

Surtout sachez bien vous taire,
Qu'on n'apprenne point, hélas !
Que vous avez su me plaire.

ARLEQUIN.

Je ne m'en vanterai pas.

Ensemble.

A dieu, mon cher, etc.
A la fin elle me laisse, etc.

(Mademoiselle Cassandre sort.)

SCENE VII.

ARLEQUIN, GILLES.

GILLES.

Ah ! à la fin, vous voilà, monsieur Arlequin, il y a assez long-tems que je vous cherche.

ARLEQUIN.

Et moi que je t'attends; d'ou diable sors-tu donc ?

GILLES.

Du panier de la diligence, monsieur, ou vous m'avez laissé.

ARLEQUIN.

Petit drôle, pourquoi ne m'avez-vous pas suivi?

GILLES.

Je vais vous le dire en deux mots.

Air : *Contredanse de la Hullin.*

Etourdi par le mouvement
De notre énorme diligence,
Je bâillais, et chemin faisant,
Je m'endormis profondément.
Mais, à certaine distance,
Voila qu'un maudit cahot
A vingt pas de là me lance.
Je me réveille en sursaut,
On me raille, et moi tout confus,
Je vous cherche pour me défendre ;
J'ai beau chercher, soins superflus,
Je vois que je ne vous vois plus.
Craignant de trop faire attendre
Votre future moitié,

Vous aviez voulu descendre
Pour faire la route à pié ;
Sur ce chemin qui mène ici,
Ne pouvant avoir que des doutes,
Moi je reste tout ébahi,
Le nez au vent, droit comme un i.
Je flottais entre trois routes,
Et pour sortir d'embarras,
Je voulais les prendre toutes,
Mais je ne le pouvais pas.
Je rencontre enfin un mouton,
J'approche et vois le mot Cassandre,
Qui du cher beau-père est le nom,
En rouge écrit sur sa toison.
Comme il paraissait se rendre
Pas à pas vers son logis,
Voyant quel chemin va prendre
L'animal, moi je le suis...
Il me conduit à l'abreuvoir,
Puis après il me fait descendre
Par un long casse col si noir,
Qu'à peine je pouvais le voir.
Enfin le voilà qui trotte,
Moi, je trotte comme lui,
Nous enfilons une grotte
Où jamais le jour n'a lui...
La porte est à deux pas de là,
Je saute au col de mon pilote,
Je vous vois, je le plante là,
J'accours, j'arrive et me voilà.

ARLEQUIN.

Comprend-on rien à ce galimathias ?

GILLES.

Je vais recommencer, monsieur !

Etourdi par le mouvement.....

ARLEQUIN.

Te tairas-tu, bavard ? *(à part.)* Son babil me fait trembler ; si Cassandre ou sa sœur l'interroge, je perds tout le fruit de ma ruse...

GILLES.

Eh bien, monsieur, à quoi pensez-vous donc-là ? est-ce que vous auriez été mal reçu des parens, est-ce que vous ne conviendriez pas à la demoiselle, est-ce que le mariage serait rompu, est-ce que?...

ARLEQUIN.

Est-ce que tu ne veux pas te taire? *(à part.)* Il n'y a que ce moyen. *(Il prend Gilles par l'oreille.)* Monsieur Gilles...

Air : *Vaud. de Guillaume.*

Sur mon amour, sur tout ce qui me touche,
Pour prévenir ton babil indiscret,
Je te défends d'ouvrir la bouche.

GILLES.

C'est m'ordonner d'être muet. *(bis.)*

ARLEQUIN.

De dire un mot si ta langue s'avise,
Sur ton dos j'accours imprimer
Vingt coups de batte par sottise...

GILLES.

Monsieur veut m'assommer. *(ter.)*

ARLEQUIN.

Ah ça, te voilà bien instruit de ton rôle, songe a le bien jouer...

GILLES.

Mais, monsieur, si on me demande où vous êtes, que répondrai-je?

ARLEQUIN.

Rien.

GILLES.

Si on me demande qui je suis?

ARLEQUIN.

Rien.

GILLES.

Si on me demande ce que je viens faire?

ARLEQUIN.

Rien.

GILLES.

A la bonne heure; mais, ce que je veux pour déjeuner?

ARLEQUIN.

Rien.

GILLES.

Rien ! ah ! pour le coup c'est trop, monsieur, je n'aurai pas ce courage là.

ARLEQUIN.

Sangodémi, prends garde à toi.

GILLES.

C'est ce que je fais, monsieur, et voilà pourquoi je voudrais déjeuner.

ARLEQUIN.

On vient, c'est M. Cassandre d'un côté... et sa sœur de l'autre, je ne puis pas jouer deux rôles à la fois, que faire ? si je reste, je me perds, si je fuis, ils m'arrêteront... Vîte sur cet arbre. *(il monte sur le pommier.)*

GILLES.

Eh bien, monsieur, que faites vous donc ?

ARLEQUIN.

Tais toi, tu es muet.

GILLES.

Ah ! c'est vrai, je l'avais déjà oublié ; mais s'ils ne s'en apperçoivent pas, je le leur dirai bien.

SCÈNE VIII.

Mlle. CASSANDRE, GILLES, CASSANDRE, ARLEQUIN *sur l'arbre*, COLOMBINE, *à la fenêtre du pavillon.*

Mlle. CASSANDRE.

Air : *Du Duo de Raoul de Créqui.*

C'est vous que je cherchais, mon frère.

CASSANDRE.

C'est vous que je cherchais, ma sœur.

Mlle CASSANDRE.

Arlequin a-t-il su vous plaire ?

CASSANDRE.

Arlequin a-t-il su vous plaire?

ARLEQUIN, COLOMBINE.

Ah! comme j'ai peur, comme j'ai peur.

COLOMBINE.

Arlequin, comme j'ai peur.

ARLEQUIN.

Comme j'ai peur.

Mlle CASSANDRE.

Je l'ai vraiment
Trouvé charmant.

CASSANDRE.

Comment! charmant?
C'est étonnant.
Voilà, je crois,
La seule fois
Que nous faisons le même choix.

Mlle CASSANDRE.

Et quoi? vous l'aimez donc, mon frère!

CASSANDRE.

Au moins autant que vous, ma chère.

COLOMBINE, ARLEQUIN.

Ah! qu'ils sont fous.

CASSANDRE, Mlle CASSANDRE.

Embrassons nous. (*ter.*)

Mlle CASSANDRE.

Cet Arlequin a tous
Mes goûts.

CASSANDRE.

Il a tous les miens au contraire.

Mlle CASSANDRE.

Allons, vous plaisantez,
Où vous ne le connaissez guère.

CASSANDRE.

C'est vous qui radotez,
J'ai pénétré son caractère.

Mlle. CASSANDRE, *riant.*

Ah! ah! ah! ah!

CASSANDRE.

Ah! ah! ah! ah!

COLOMBINE, ARLEQUIN.

Ah! ah! ah! ah! (*bis.*)

Mlle CASSANDRE.

Vous voyez clair.

CASSANDRE.

Vous voyez trouble.

Ensemble.

Cet Arlequin ne peut pas être double.

COLOMBINE, ARLEQUIN.

Tout en riant
Mon embarras redouble.

CASSANDRE, Mlle CASSANDRE.

Vraiment, vraiment,
C'est trop plaisant.

COLOMBINE, ARLEQUIN.

Je crains le dénouement.

GILLES.

Ils ont pourtant raison tous les deux.

CASSANDRE.

Air : *De la Rosière.*

Raison et décence,
Profondeur, science,
Sagesse, prudence,
Voilà son portrait.

Mlle CASSANDRE.

Enjouement, saillie,
Grâce, étourderie,
Adresse, folie,
C'est lui trait pour trait.

CASSANDRE.

D'un doux ombrage,
D'un verd feuillage,
D'un frais bocage
Il sent tout le pris.

Mlle CASSANDRE.

Erreur extrême,
Il m'a lui-même
Juré qu'il n'aime
Que l'air de Paris.

Mlle CASSANDRE.

Maudit caractère
Qui, pour me déplaire,
Est toujours contraire
A ce que je veux.
Si rien ne peut faire
Cesser cette guerre,
Il faudra, mon frère,
Nous brouiller tous deux.

CASSANDRE.

Maudit caractère, etc.
Il faudra, ma chère,
Nous brouiller tous deux.

CASSANDRE, *regarde Gilles.*

Eh, mais, je n'avais pas apperçu cet homme là !

Mlle. CASSANDRE.

Ni moi.

CASSANDRE, *à Gilles.*

Qui es-tu, mon ami?

(Gilles ne répond rien.)

Mlle. CASSANDRE.

Que demande-tu? *(même jeu.)*

CASSANDRE.

Que viens-tu faire ici? *(même jeu.)*

Mlle. CASSANDRE.

Il ne parle pas.

CASSANDRE.

Serait-il muet?

Mlle. CASSANDRE.

C'est sans doute le valet d'Arlequin.

CASSANDRE.

Nouvelle preuve de sa sagesse. Il a pris un domestique muet pour ne pas être interrompu dans ses profondes méditations.

Mlle. CASSANDRE.

Au contraire, il l'a pris ainsi pour être sûr qu'il n'ira pas publier ses folies.

GILLES, *à part.*

Oh! qu'il sont bêtes!

Mlle. CASSANDRE, *à Gilles.*

Dis-moi, mon ami, ton maître n'est-il pas le cavalier le plus galant, le plus intrépide danseur de tout Paris? *(Gilles fait signe que oui.)* Vous voyez?

CASSANDRE.

Comment! son plus grand plaisir n'est pas d'habiter la campagne? *(Gilles fait le même signe.)* Vous voyez?

Mlle. CASSANDRE.

Je vois qu'il ne nous entend pas.

CASSANDRE.

Mais quand je vous dirai que je l'ai surpris ici arrosant mes fleurs, cueillant les fruits de cet arbre, les mangeant même.

GILLES, *à part.*

Les mangeant!

CASSANDRE.

Oui, oui, les mangeant. *(Appercevant Arlequin.)* Eh!... tenez, voilà, j'espère, de quoi vous confondre... est-ce là la place d'un danseur?

Mlle. CASSANDRE.

Que faites vous donc là, mon cher Arlequin?

ARLEQUIN, *à part.*

Il n'y a pas à reculer..... j'observe.

CASSANDRE.

Mes pâturages, ma laiterie, mon potager, n'est-ce pas. ?

ARLEQUIN.

Air : *traîtant l'amour sans pitié.* (de Voltaire chez Ninon.)

Un spectacle varié
A mes regards se présente,
Je vois une vieille plante
Inculte et séchant sur pié.
Auprès d'elle est un vieux hêtre,
Bien gothique, bien champêtre,
Et, tout près de la fenêtre,
Je vois un jeune rosier,
Dont les boutons pour éclore
N'attendent plus qu'une aurore
Et les soins d'un jardinier. *(bis.)*

CASSANDRE.

Eh bien, ma sœur, j'étais un fou, un extravagant.

Mlle. CASSANDRE.

Je ne m'en dédis pas. (*à Arlequin qui est descendu.)* Comment, monsieur, vous jouez donc deux rôles ici?

ARLEQUIN.

Je n'aî pas ce talent-là, mademoiselle.

Mlle. CASSANDRE.

Pardonnez-moi, monsieur, vous vous êtes présenté à mon frère et à moi, sous deux aspects différens.

ARLEQUIN.

A vous, madame? vous vous méprenez sans doute, car voilà la première fois que j'ai l'honneur de vous voir.

Mlle. CASSANDRE.

Comment, traître !...

ARLEQUIN.

Ah ! j'y suis.

Mlle. CASSANDRE, *à son frère.*

Il y est.

ARLEQUIN.

Vous avez vû un jeune homme gai, sémillant?...

Mlle. CASSANDRE.

Oui.

ARLEQUIN.

Bien fait, joli garçon ?

Mlle. CASSANDRE.

Sans doute.

ARLEQUIN.

C'est mon frère cadet.

Mlle. CASSANDRE, CASSANDRE, GILLES.

Son frère?

Mlle. CASSANDRE.

Quoi ! vous avez un frère ?

ARLEQUIN.

Qui, au caractère près, est mon image vivante, et que j'ai amené avec moi pour danser à ma noce.

CASSANDRE.

C'est d'un bon parent.

Mlle. CASSANDRE.

Mais qu'est-il donc devenu, où est-il ?

ARLEQUIN.

Pas bien loin.

Me. CASSANDRE, *baissant les yeux sur son éventail.*

Eh!... est-il marié ?

ARLEQUIN.

Pas encore.

Mlle. CASSANDRE.

Pas encore? il est à moi!

CASSANDRE.

Mais, ma sœur, y pensez vous?

Mlle. CASSANDRE.

Je n'y pense que trop.

CASSANDRE.

Joli couple, ma foi!

Air : *daignez m'épargner le reste.*

L'un n'a pas vingt ans révolus.

Mlle CASSANDRE.

Quand on s'aime, qu'importe l'âge?

CASSANDRE.

Et l'autre en a...

Mlle CASSANDRE, *lui mettant la main sur la bouche.*

Raison de plus

Pour hâter notre mariage.

CASSANDRE.

Unir le printems à l'hiver,

Voyez donc quelle extravagance!

Mlle CASSANDRE.

S'il est le printems, moi l'hiver,

Il n'existe entre nous, mon cher,

Que six mois de différence. (*bis.*)

Mais, c'est perdre un tems précieux en paroles, mon cher Arlequin, courez, cherchez, trouvez moi votre frère, et amenez le sur-le-champ.

CASSANDRE.

Très-volontiers, mademoiselle, mais si je m'occupe de votre bonheur, daignez songer au mien.

CASSANDRE.

Comment, mon ami, mais votre « *Doux printems, qui nous rends le feuillage.* » Vous savez bien, m'a transporté au point que j'ai couru chez mon notaire, et que j'en rapporte le contrat, auquel il ne manque plus que les signatures que nous allons apposer.

Mlle. CASSANDRE.

Oui, oui, c'est bon, mais mon Arlequin avant tout ?

ARLEQUIN, *à part.*

Payons d'audace. *(il appelle.)* Gilles ? Gilles ?

CASSANDRE.

Colombine ? Colombine ?

COLOMBINE, *à la fenêtre.*

Plait-il, mon père ?

CASSANDRE.

Descendez, et apportez la plume et l'encre.

COLOMBINE.

Est-ce pour ?...

CASSANDRE.

On vous le dira, mademoiselle.

SCENE IX.

LES PRÉCÉDENS, GILLES.

GILLES.

Monsieur, me voilà.

CASSANDRE.

Tiens, il parle maintenant ?

Mlle. CASSANDRE.

Il était muet tout à l'heure.

GILLES.

C'était de faiblesse, j'étais à jeun.

ARLEQUIN.

Allez chercher mon frère.

GILLES.

Plait-il, monsieur?

ARLEQUIN.

Dites à mon frère de venir.

GILLES.

A votre frère, monsieur?

ARLEQUIN.

Eh! oui, butor.

GILLES.

Où est-il, monsieur?

ARLEQUIN.

Je n'en sais rien; cherche.

Mlle. CASSANDRE.

Eh oui, cherche, cherche.

GILLES, *à Arlequin.*

Où voulez vous que je le trouve?

ARLEQUIN.

Où tu voudras, mais amène le moi, ou cent coups de batte à ton retour.

GILLES.

Comment, monsieur, cent coups?

ARLEQUIN.

Oui, maraud, ainsi ne reviens pas sans lui.

GILLES.

Vous serez obéi. *(il sort.)*

SCENE X.

ARLEQUIN, M. CASSANDRE, Mlle. CASSANDRE, COLOMBINE.

COLOMBINE.

Ne m'avez vous pas appellée, mon père?

Mlle. CASSANDRE.

Oui, ma nièce, nous nous marions toutes les deux.

COLOMBINE.

Vous aussi, ma tante ? et avec qui donc ?

Mlle. CASSANDRE.

Que vous importe, pourvu que je ne vous enlève pas votre amant ?... mais le cruel n'arrive pas.

CASSANDRE.

Un peu de patience, ma sœur. En attendant signons le contrat de ma fille.

Mlle. CASSANDRE.

Un moment. Je suis l'aînée de mademoiselle.

COLOMBINE.

Je le sais, ma tante.

Mlle. CASSANDRE.

Il me semble que mon contrat doit passer avant le sien.

ARLEQUIN.

Vous avez tort, madamoiselle Cassandre, aux derniers les bons.

COLOMBINE.

Oh ! oui, ma tante, je vous en prie, signons tout de suite.

Mlle. CASSANDRE.

Quelle vivacité, mademoiselle, vous êtes plus pressée que moi.

CASSANDRE.

Air : *Quand l'amour.*

Je ne désapprouve pas
Cette pétulance,
Peut-on faire en pareil cas
Trop de diligence ?
L'accident le plus léger
Vient souvent tout déranger ;
Mais quand un contrat
Est en bon état,

Avec noms,
Et prénoms
De père, oncle ou tante.

ARLEQUIN.

Arrive qui plante.

Mlle. CASSANDRE.

A la bonne heure, mais moi je ne signerai qu'en présence de mon époux.

CASSANDRE.

Allons, mes enfans, attendons.

ARLEQUIN.

Au diable soit l'attente.

Mlle. CASSANDRE.

Qu'est-ce à dire, monsieur? (*On entend frédonner Gilles qui paraît en habit d'arlequin*. Ah! le voilà.

ARLEQUIN, *étonné*.

Le voilà!...sangodémi! un Arlequin! est-ce que je vois double!...

COLOMBINE.

Ils étaient deux.

SCENE XI ET DERNIERE.

LES PRÉCÉDENS. GILLES, *en Arlequin*.

Mlle. CASSANDRE.

Air : *Pauvre petit* (de Renaud d'Ast.)

Qu'il est genti!
Qu'il est joli!
Mais il me paraît bien grandi;...
Sa taille était moyenne...
Oh! qu'à cela ne tienne.

COLOMBINE, *à Mlle Cassandre*.

A présent signerez vous bien?

Mlle CASSANDRE.

Oh! oui, car je ne crains plus rien.
Voilà le tien,
Voilà le mien,
Chacun aura la sienne.

GILLES.

Chacun la sienne ! que voulez-vous donc faire de moi ?

Mlle. CASSANDRE.

Le plus heureux des hommes.

ARLEQUIN, *à part.*

Je ne me trompe pas, c'est mon coquin de Gilles. Il ne m'a jamais si bien servi.

Mlle. CASSANDRE.

C'est te dire assez que le plus doux hymen va nous unir.

GILLES.

Nous unir ! comment, c'est pour cela ?...

ARLEQUIN, *passant entre Gilles et Mlle Cassandre.*

Oui, mon frère. *(à part à Gilles.)* Ne souffle pas, coquin. *(haut.)* Le même jour fera quatre heureux.

GILLES.

Vous ne savez pas ce que vous allez faire, mademoiselle, je ne suis pas...

Mlle. CASSANDRE.

Digne de ma main ? oui, mon ami, un instant m'a suffit pour t'apprécier.

GILLES.

Eh bien, mademoiselle, un instant suffira pour... *(il veut lever son masque.)*

ARLEQUIN, *à part, l'arrêtant.*

Epouse, coquin, où tu es mort.

GILLES, *à Arlequin.*

Ma foi, j'aime autant l'un que l'autre.

COLOMBINE.

Ma tante, voici la plume.

Mlle. CASSANDRE, *prenant la plume.*

Oui, ma nièce. Ah ! que nous allons être heureuses ! *(Elle signe. Arlequin prend le contrat et signe.)*

Air : Du pas redoublé.

J'ai signé le contrat.

CASSANDRE.

Fort bien ;
Signe à ton tour, ma fille.

COLOMBINE.

Voici mon nom.

ARLEQUIN.

Voici le mien,
Je suis de la famille.

GILLES.

Puis-je quitter, d'après cela,
Ce costume fantasque ?

ARLEQUIN.

Je lève la consigne.

GILLES.

Oui-dà,
Moi je lève le masque.

Mlle. CASSANDRE.

Et nous, mon ami, courons chez le notaire... (*appercevant Gilles démasqué.*) Misericorde ? qu'elle est cette figure ?

ARLEQUIN.

C'est celle de Gilles, mon très humble valet, qui, ne trouvant pas mon frère, s'est présenté sous son nom pour n'être pas assommé.

Mlle. CASSANDRE.

J'étouffe.

GILLES.

Et moi je respire.

Mlle. CASSANDRE.

Mais, où est-il donc ce frère ?

ARLEQUIN.

C'est ce que je ne pourrais pas vous dire positivement, vû que je suis fils unique ; mais mon père et ma mère vivent encore, et il est possible qu'un jour ..

CASSANDRE, *riant.*

Ah ! ah ! ah ! ma sœur, vous méritiez bien cela.

Mlle. CASSANDRE.

Grands dieux !

Air : *De l'Avare et son ami.*

A ce coup affreux je succombe...
Au moment d'un hymen certain !...

CASSANDRE,

Il vaut mieux que le masque tombe
La veille que le lendemain. (*bis.*)

ARLEQUIN.

Au seul mot de ce mariage,
De noir, Gilles est devenu blanc...
Voyez donc comme en un moment
La peur fait changer de visage. (*bis.*)

CASSANDRE.

Allons, tenez, ma sœur, pour tout concilier, je consens à passer six mois de l'année à Paris..

Mlle. CASSANDRE.

A Paris !... a la bonne heure.

ARLEQUIN.

Ainsi vous voilà contente.

Mlle. CASSANDRE.

A quelque chose près, barbare.

VAUDEVILLE.

Air nouveau de M. Weicht.

COLOMBINE.

Pour me former l'esprit, mon père
Aux champs toujours me renvoyait,
Et de l'amant qui sut me plaire
L'image toujours m'y suivait.
D'une fille on peut, j'imagine,
Excuser les égaremens ;
Quand c'est son père qui s'obstine
A lui donner la clef des champs.

CASSANDRE.

Mes amis, que la sagesse gagne
A fuir Paris et ses erreurs,
Je crois même que la campagne
Est l'asyle des bonnes mœurs.
Ah ! pour le bonheur des familles,
Que n'y peut-on, de tems en tems,

Retrouver la vertu des filles,
Dont l'innocence court les champs.

Mlle CASSANDRE.

Abjurons enfin l'hyménée,
Après lequel j'ai tant couru,
Et qu'on dise : l'infortunée
Est morte comme elle a vécu.
Ainsi sur la verte prairie,
Brûlante des feux du printems,
Toujours belle et jamais cueillie,
On voit mourir la fleur des champs.

GILLES.

Ce n'est qu'à Paris que l'on trouve
Jeux, spectacles, femmes et vin,
Aussi que de peine j'éprouve
Quand je quitte ce lieu divin !
Je suis peut-être un imbécille,
Mais peut-on vaincre ses penchans ?
Quand je ne suis pas à la ville,
En vérité je suis aux champs.

ARLEQUIN, *au public.*

Entre la ville et la campagne,
Ici je me suis partagé,
Où fuirai-je avec ma compagne,
Si vous me donnez mon congé ?
Pour un modeste vaudeville
Ne vous montrez pas trop méchans,
Et que l'orage de la ville
Ne trouble pas la paix des champs.

FIN.

On trouve chez le même Libraire un assortiment complet de Pièces de Théâtres, anciennes et nouvelles.

Dictionnaire abrégé des Mythologies de tous les peuples policés ou barbares, tant anciens que modernes, augmenté d'un nombre considérable d'articles concernant les divinités et les cérémonies du culte public des Persans, des Scandinaves, des Borrussiens ou anciens Prussiens, des Celtes, des Gaulois, des Japons, des Chinois, des Tartares, etc., qui ne se rencontrent dans aucun autre abrégé des Mythologies. Dédié aux Élèves des Écoles Secondaires.

Multa paucis.

2 gros vol. in-18. gaillarde non-interlig. grande justific. imp. sur grand raisin collé. 6 l.

Histoire de la Campagne de 1806 contre la Prusse et la Russie, précédé de l'histoire de la dernière guerre avec l'Autriche, et des événemens qui ont eu lieu dequis le sacre de Napoléon jusqu'à ce jour. 3 vol. in-12. 6 l.

Pièces nouvelles qui viennent de paraître.

Le Panorama de Momus, comédie mêlée de vaudevilles, en un acte, par MM. Désaugiers, Moreau et Francis. 1 f. 20 c.

Amour et Mystère, ou lequel est mon Cousin? vaudeville en un acte, par M. Pain. 1 f. 20 c.

Koulouf, ou les Chinois, opéra-comique en 3 actes, par M. Guilbert-Pixerécourt. 1 f. 50 c.

François Ier, ou la Fête mystérieuse, comédie en 2 actes, en vers, mêlée d'arriettes, par MM. Sewrin et Chazet. 1 f. 20 c.

Baudoin, comte de Provence, ou le Retour des Croisades, mélodrame en 3 actes, par M. Mardelle. 1 f.

Jean de Paris, mêlodrame en 3 actes, par M. Marsollier. 1 f.

Romulus, mélodrame en 3 actes, par M. Lamey. 1 f.

Le Faux Alexis, ou le Mariage par vengeance, mélodrame en trois actes, par M. Caigniez. 1 f.

www.ingramcontent.com/pod-product-compliance
Ingram Content Group UK Ltd.
Pitfield, Milton Keynes, MK11 3LW, UK
UKHW021035180726
13838UKWH00004B/1804